AF308728

POEMES.

SUR LE

DESASTRE DE LISBONNE,

ET SUR

LA LOI NATURELLE;

AVEC DES PREFACES,

DES NOTES, &c,

NOUVELLE EDITION.

En May, 1756.

AVIS
DES EDITEURS.

Nous avions dit dans notre premiére Edition de ces deux Poëmes Philosophiques, que tous les Lecteurs sages y reconnaîtraient sans peine les sentimens qu'on a aimés dans la HENRIADE, & dans plusieurs ouvrages du même Auteur, un esprit qui respire l'adoration d'un Etre Suprême, l'attachement aux Loix, l'amour du Genre-humain, la tolérance, & la bienfaisance.

Nous n'avons pas été trompés; & l'empressement qu'on a eu pour nôtre Edition nous a forcés au bout de quinze jours d'en faire une seconde. Celles qu'on a données à Paris de ces mêmes Poëmes n'est ni si complette, ni si correcte que la nôtre; & par ce seul échantillon on peut voir la différence qui doit être entre des ouvrages imprimés loin des yeux de l'Auteur, & ceux qui ont été revus & corrigés par lui-même.

Nous nous flatons toujours de donner dans deux mois, l'Essay sur l'Histoire générale depuis Charlemagne jusqu'à nos jours, que nous avons déja annoncée.

P R E-

PRÉFACE

DE

L'AUTEUR.

SI jamais la queſtion du Mal Phyſique a mérité l'attention de tous les hommes, c'eſt dans ces événements funeſtes qui nous rapellent à la contemplation de nôtre faible nature, comme les peſtes générales qui ont enlevé le quart des hommes dans le Monde connu, le tremblement de terre qui engloutit quatre-cent-mille perſonnes à la Chine en 1699., celui de Lima & de Callao, & en dernier lieu celui du Portugal & du Royaume de Fez. L'axiome, *Tout eſt bien*, paraît un peu étrange à ceux qui ſont les témoins de ces déſaſtres. Tout eſt arrangé, tout eſt ordonné, ſans doute, par la Providence; mais il n'eſt que trop ſenſible, que tout depuis longtems n'eſt pas arrangé pour nôtre bien-être préſent.

Lorſque l'Illuſtre *Pope* donna ſon *Eſſay ſur l'homme*, & qu'il dévelopa dans ſes vers immortels les ſiſtèmes de *Leibnitz*, du Lord *Shaftersburi*, & du Lord *Bolling-*

broke,

broke, une foule de Théologiens de toutes les Communions attaqua ce fiftème. On fe révoltait contre cet Axiome nouyeau, que *Tout eft bien*, que *l'homme jouït de la feule mefure du bonheur dont fon être foit fufceptible*, &c... Il y a toujours un fens dans lequel on peut condamner un écrit, & un fens dans lequel on peut l'aprouver. Il ferait bien plus raifonnable de ne faire attention qu'aux beautés utiles d'un ouvrage, & de n'y point chercher un fens odieux. Mais c'eft une des imperfections de notre nature, d'interpréter malignement tout ce qui peut être interprété, & de vouloir décrier tout ce qui a eu du fuccès.

On crut donc voir dans cette propofition, *Tout eft bien*, le renverfement du fondement des idées reçues. Si *Tout eft bien*, difait-on, il eft donc faux que la nature humaine foit déchue. Si l'ordre général exige que tout foit comme il eft, la nature humaine n'a donc pas été corrompue; elle n'a donc pas eu befoin de Rédempteur. Si ce Monde tel qu'il eft, eft le meilleur des Mondes poffibles, on ne peut donc pas efpérer un avenir plus heureux. Si tous les maux dont nous fommes accablés font un bien général, toutes les Nations policées ont donc eu tort de rechercher l'origine du mal Phyfique & du mal Moral. Si un homme mangé par les bêtes féroces fait le bien-être de ces bêtes, & contribue à l'ordre du Monde; fi les malheurs de tous les particuliers ne font que la fuite de cet ordre général & néceffaire; nous ne fommes donc que des roues qui

fer-

fervent à faire jouer la grande machine; nous ne fommes pas plus précieux aux yeux de DIEU que les animaux qui nous dévorent.

Voilà les conclufions qu'on tirait du Poëme de Mr. *Pope*; & ces conclufions mèmes augmentaient encor la célébrité & le fuccès de l'ouvrage. Mais on devait l'envifager fous un autre afpect. Il fallait confidérer le refpect pour la Divinité, la réfignation qu'on doit à fes ordres fuprèmes, la faine Morale, la tolérance, qui font l'ame de cet excellent écrit. C'eft ce que le Public a fait; & l'ouvrage ayant été traduit par des hommes dignes de le traduire, a triomphé d'autant plus des critiques qu'elles roulaient fur des matiéres plus délicates.

C'eft le propre des cenfures violentes, d'accréditer les opinions qu'elles attaquent. On crie contre un livre parce qu'il réuffit, on lui impute des erreurs. Qu'arrive-t-il? Les hommes révoltés contre ces cris, rennent pour des vérités les erreurs mèmes que ces critiques ont cru apercevoir. La cenfure élève des fantômes pour les combattre, & les Lecteurs indignés embraffent ces fantômes.

Les critiques ont dit; *Leibnitz, Pope, enfeignent le Fatalifme*: & les partifans de *Leibnitz* & de *Pope* ont dit; *Si Leibnitz & Pope enfeignent le Fatalifme, ils ont donc raifon; & c'eft à cette Fatalité invincible qu'il faut croire.*

Pope avait dit, *Tout eft bien*, en un fens qui était

A 3

très

très recevable , & ils le difent aujourdhui en un fens qui peut être combattu.

L'Auteur du Poëme fur le défaftre de Lisbonne ne combat point l'illuftre *Pope*, qu'il a toujours admiré & aimé ; il penfe comme lui fur prefque tous les points; mais pénétré des malheurs des hommes, il s'éléve contre les abus qu'on peut faire du nouvel axiome, *Tout eft bien*. Il adopte cette ancienne & trifte vérité reconnue de tous les hommes, qu'*il y a du mal fur la Terre* ; il avoue que le mot *Tout eft bien* pris dans un fens abfolu , & fans l'efpérance d'un avenir , n'eft qu'une infulte aux douleurs de notre vie.

Si lorfque Lisbonne , Méquinez, Tétuan, & tant d'autres villes furent englouties avec un fi grand nombre de leurs habitans au mois de Novembre 1755. des Philofophes avaient crié aux malheureux qui échapaient à peine des ruines, *Tout eft bien ; les héritiers des morts augmenteront leurs fortunes, les maçons gagneront de l'argent à rebâtir des maifons, les bêtes fe nourriront des cadavres enterrés dans les débris, c'eft l'effet néceffaire des caufes néceffaires, votre mal particulier n'eft rien , vous contribuez au bien général.* Un tel difcours certainement eût été auffi cruel que le tremblement de terre a été funefte : & voila ce que dit l'Auteur du Poëme fur le defaftre de Lisbonne.

Il avoue donc , avec toute la Terre, qu'il y a du mal fur la Terre , ainfi que du bien; il avoue qu'aucun Philofophe n'a pu jamais expliquer l'origine du mal
Moral,

Moral, & du mal Physique : il avoue que *Bayle*, le plus grand Dialecticien qui ait jamais écrit, n'a fait qu'apprendre à douter, & qu'il se combat lui-même : il avoue qu'il y a autant de faiblesses dans les lumiéres de l'homme que de misères dans sa vie. Il expose tous les sistêmes en peu de mots. Il dit que la Révélation seule peut dénouer ce grand nœud que tous les Philosophes ont embrouillé ; il dit que l'éspérance d'un dévelopement de nôtre être dans un nouvel ordre de choses, peut seule consoler des malheurs présents, & que la bonté de la Providence est le seul azile auquel l'homme puisse recourir dans les ténèbres de sa raison, & dans les calamités de sa nature faible & mortelle.

PS. Il est toujours malheureusement nécessaire d'avertir qu'il faut distinguer les objections que se fait un Auteur, de ses réponses aux objections, & ne pas prendre ce qu'il réfute, pour ce qu'il adopte.

POEME

SUR LE

DESASTRE DE LISBONNE,

OU EXAMEN DE CET AXIOME,

TOUT EST BIEN.

O Malheureux mortels! ô Terre déplorable!
O de tous les fléaux assemblage effroyable!
D'inutiles douleurs éternel entretien!
Philosophes trompés, qui criez, *Tout est bien*,
Accourez: contemplez ces ruïnes affreuses,
Ces débris, ces lambeaux, ces cendres malheureuses,
Ces femmes, ces enfans, l'un sur l'autre entassés,
Sous ces marbres rompus ces membres dispersés;
Cent mille infortunés que la Terre dévore,
Qui sanglants, déchirés, & palpitans encore,
Enterrés sous leurs toits terminent sans secours,
Dans l'horreur des tourments, leurs lamentables jours.
  Aux cris demi-formés de leurs voix expirantes,
Au spectacle effrayant de leurs cendres fumantes,
Direz-

Direz-vous, c'eft l'effet des éternelles Loix,
Qui d'un DIEU libre & bon néceffitent le choix?
Direz-vous, en voyant cet amas de victimes,
DIEU s'eft vengé, leur mort eft le prix de leurs crimes?
Quel crime, quelle faute ont commis ces enfants,
Sur le fein maternel écrafés & fanglants?
Lisbonne qui n'eft plus, eut-elle plus de vices
Que Londre, que Paris, plongés dans les délices?
Lisbonne eft abimée, & l'on danfe à Paris.
Tranquilles fpectateurs, intrépides efprits,
De vos fréres mourants contemplant les naufrages,
Vous recherchez en paix les caufes des orages;
Mais du fort ennemi quand vous fentez les coups,
Devenus plus humains vous pleurez comme nous.

Croyez-moi, quand la Terre entr'ouvre fes abimes,
Ma plainte eft innocente, & mes cris légitimes.
Partout environnés des cruautés du fort,
Des fureurs des méchants, des piéges de la mort,
De tous les élémens éprouvans les atteintes,
Compagnons de nos maux, permettez-nous les plaintes.
C'eft l'orgueil, dites-vous, l'orgueil féditieux,
Qui prétend qu'étant mal, nous pouvions être mieux.
Allez interroger les rivages du Tage,
Fouillez dans les débris de ce fanglant ravage,
Demandez aux mourants, dans ce féjour d'effroi,
Si c'eft l'orgueil qui crie, *O Ciel, fecourez-moi,*
O Ciel, ayez pitié de l'humaine mifére.
Tout eft bien, dites-vous, & tout eft *néceffaire.*

Quoi?

Quoi? l'Univers entier, sans ce gouffre infernal,
Sans engloutir Lisbonne, eût-il été plus mal?
Etes-vous assurés que la Cause Eternelle,
Qui fait tout, qui fait tout, qui créa tout pour elle,
Ne pouvait nous jetter dans ces tristes climats,
Sans former des volcans allumés sous nos pas?
Borneriez-vous ainsi la Suprême Puissance?
Lui défendriez-vous d'exercer sa clémence?
L'éternel Artisan n'a-t-il pas dans ses mains
Des moyens infinis tout prêts pour ses desseins?
Je désire humblement, sans offenser mon Maître,
Que ce gouffre enflammé de souphre & de salpêtre
Eût allumé ses feux dans le fond des déserts.
Je respecte mon DIEU, mais j'aime l'Univers:
Quand l'homme ose gémir d'un fléau si terrible,
Il n'est point orgueilleux, hélas! il est sensible.
   Les tristes habitans de ces bords désolés,
Dans l'horreur des tourments seraient-ils consolés,
Si quelqu'un leur disait; *Tombez, mourez tranquiles,*
Pour le bonheur du Monde on détruit vos aziles;
D'autres mains vont bâtir vos palais embrasés;
D'autres Peuples naîtront dans vos murs écrasés;
Le Nord va s'enrichir de vos pertes fatales,
Tous vos maux sont un bien dans les Loix générales;
DIEU vous voit du même œil que les vils vermisseaux,
Dont vous serez la proye au fond de vos tombeaux?
A des infortunés quel horrible langage!
Cruels! à mes douleurs n'ajoutez point l'outrage.
                                    Non,

Non, ne préfentez plus à mon cœur agité
Ces immuables loix de la néceffité,
Cette chaîne des corps, des efprits, & des mondes.
O rêves de favants! ô chimères profondes!
Dieu tient en main la chaîne, & n'eft point enchaîné; *a*
Par fon choix bienfaifant tout eft déterminé:
Il eft libre, il eft jufte, il n'eft point implacable.
Pourquoi donc fouffrons-nous fous un Maître équitable? †
Voilà le nœud fatal qu'il fallait délier.
Guérirez-vous nos maux en ofant les nier?
Tous les Peuples tremblants fous une main divine,
Du mal que vous niez ont cherché l'origine.
Si l'éternelle Loi qui meut les éléments,
Fait tomber les rochers fous les efforts des vents;
Si les chênes touffus par la foudre s'embrafent,
Ils ne reffentent point les coups qui les écrafent.
Mais je vis, mais je fens, mais mon cœur opprimé
Demande des fecours au Dieu qui l'a formé.
Enfants du Tout-puiffant, mais nés dans la mifére,
Nous étendons les mains vers notre commun pére.
Le vafe, on le fait bien, ne dit point au potier,
Pourquoi fuis-je fi vil, fi faible, fi groffier?
Il n'a point la parole, il n'a point la penfée;
Cette urne en fe formant, qui tombe fracaffée,
De la main du potier ne reçut point un cœur,

Qui

<hr>

a Voyez les notes à la fin du Poëme.
† *Sub Deo jufto nemo mifer nifi mereatur.* St. Augustin.

Qui défirât les biens, & fentît fon malheur.
Ce malheur, dites-vous, eft le bien d'un autre Etre.
De mon corps tout fanglant mille infectes vont naître:
Quand la mort met le comble aux maux que j'ai foufferts,
Le beau foulagement d'être mangé des vers !
Triftes calculateurs des mifères humaines,
Ne me confolez point ; vous aigriffez mes peines :
Et je ne vois en vous que l'effort impuiffant
D'un fier infortuné qui feint d'être content.
    Je ne fuis du grand *Tout* qu'une faible partie :
Oui ; mais les animaux condamnés à la vie,
Tous les êtres fentants nés fous la même loi,
Vivent dans la douleur, & meurent comme moi.
    Le vautour acharné fur fa timide proie,
De fes membres fanglants fe repaît avec joie :
Tout femble *bien* pour lui, mais bientôt à fon tour
Une aigle au bec tranchant dévore le vautour.
L'homme d'un plomb mortel atteint cette aigle altiére ;
Et l'homme aux champs de Mars couché fur la pouffiére,
Sanglant, percé de coups, fur un tas de mourants,
Sert d'aliment affreux aux oifeaux dévorants.
Ainfi du Monde entier tous les membres gémiffent ;
Nés tous pour les tourmens, l'un par l'autre ils périffent :
Et vous compoferez, dans ce cahos fatal,
Des malheurs de chaque être un bonheur général ?
Quel bonheur ! ô mortel, & faible, & miférable !
Vous criez, *Tout eft bien*, d'une voix lamentable.
L'Univers vous dément, & vôtre propre cœur

Cent

Cent fois de vôtre esprit a réfuté l'erreur.

Eléments, Animaux, Humains, tout est en guerre.

Il le faut avouër, le *mal* est sur la Terre :

Son principe secret ne nous est point connu.

De l'Auteur de tout bien le mal est-il venu?

Est-ce le noir *Tiphon* *, le barbare *Arimane* †,

Dont la loi tyrannique à souffrir nous condamne?

Mon esprit n'admet point ces monstres odieux,

Dont le Monde en tremblant fit autrefois des Dieux.

Mais comment concevoir, un DIEU, la bonté même,

Qui prodigua ses biens à ses enfans qu'il aime,

Et qui versa sur eux les maux à pleines mains?

Quel œuil peut pénétrer dans ses profonds desseins?

De l'Etre Tout-Parfait le mal ne pouvait naître;

Il ne vient point d'autrui, ** puisque DIEU seul est Maître.

Il existe pourtant. O tristes vérités *!*

O mélange étonnant de contrariétés !

Un DIEU vint consoler nôtre race affligée;

Il visita la Terre, & ne l'a point changée; §

Un Sophiste arrogant nous dit qu'il ne l'a pû;

Il le pouvait, dit l'autre, & ne l'a point voulu :

Il le voudra sans doute. Et tandis qu'on raisonne,

Des

---

* Principe du mal chez les Egyptiens.

† Principe du mal chez les Perses.

** C'est-à-dire d'un autre Principe.

§ Un Philosophe Anglais a prétendu que le Monde Physique avait dû être changé au premier avénement, comme le Monde Moral.

Des foudres souterrains engloutissent Lisbonne,
Et de trente Cités dispersent les débris,
Des bords sanglants du Tage, à la Mer de Cadis.
 Ou l'homme est né coupable, & DIEU punit sa race,
Ou ce Maître absolu de l'être & de l'espace,
Sans couroux, sans pitié, tranquille, indifférent,
De ses premiers décrets suit l'éternel torrent ;
Ou la matiére informe à son Maître rebelle,
Porte en soi des défauts *nécessaires* comme elle ;
Ou bien DIEU nous éprouve ; & ce séjour mortel *
N'est qu'un passage étroit vers un Monde éternel.
Nous essuyons ici des douleurs passagères.
Le trépas est un bien qui finit nos misères.
Mais quand nous sortirons de ce passage affreux,
Qui de nous prétendra mériter d'être heureux ?
 Quelque parti qu'on prenne, on doit frémir sans doute :
Il n'est rien qu'on connaisse, & rien qu'on ne redoute.
La Nature est muette, on l'interroge en vain.
On a besoin d'un DIEU, qui parle au Genre-humain.
Il n'apartient qu'à lui d'expliquer son ouvrage,
De consoler le faible, & d'éclairer le sage.
L'homme au doute, à l'erreur, abandonné sans lui,
Cherche en vain des roseaux qui lui servent d'apui.
Leibnitz ne m'aprend point, par quels nœuds invisibles

Dans

---

* Voila avec l'opinion des deux Principes toutes les solutions qui se présentent à l'esprit humain dans cette grande diffi- culté ; & la Révélation seule peut enseigner ce que l'esprit humain ne saurait comprendre.

Dans le mieux ordonné des Univers poffibles,
Un défordre éternel, un cahos de malheurs,
Mêle à nos vains plaifirs de réelles douleurs;
Ni pourquoi l'innocent, ainfi que le coupable,
Subit également ce mal inévitable;
Je ne conçois pas plus comment tout ferait *bien*:
Je fuis comme un Docteur, hélas! je ne fai rien.

    Platon dit qu'autrefois l'homme avait eu des ailes,
Un corps impénétrable aux atteintes mortelles;
La douleur, le trépas, n'aprochaient point de lui.
De cet état brillant, qu'il différe aujourdhui!
Il rampe, il fouffre, il meurt; tout ce qui nait, expire;
De la deftruction la Nature eft l'Empire.
Un faible compofé de nerfs & d'offemens
Ne peut être infenfible au choc des éléments;
Ce mélange de fang, de liqueurs, & de poudre,
Puis qu'il fut affemblé, fut fait pour fe diffoudre.
Et le fentiment promt de ces nerfs délicats
Fut foumis aux douleurs miniftres du trépas.
C'eft là ce que m'aprend la voix de la Nature.
J'abandonne *Platon*, je rejette *Epicure*.
Bayle en fait plus qu'eux tous: je vai le confulter:
La balance à la main, *Bayle* enfeigne à douter. *b*
Affez fage, affez grand pour être fans fyftème,
Il les a tous détruits & fe combat lui-mème:
Semblable à cet aveugle en butte aux Philiftins,

Qui

---

b Voyez les notes à la fin du Poëme.

Qui tomba fous les murs abattus par fes mains.

Que peut donc de l'efprit la plus vafte étendue?
Rien: le livre du Sort fe ferme à notre vue.
L'homme étranger à foi, de l'homme eft ignoré.
Que fuis-je? où fuis-je? où vai-je? & d'où fuis-je tiré? c
Atomes tourmentés fur cet amas de bouc,
Que la mort engloutit, & dont le fort fe joue,
Mais atomes penfants, atomes dont les yeux
Guidés par la penfée ont mefuré les Cieux;
Au fein de l'infini nous élançons notre être,
Sans pouvoir un moment nous voir & nous connaître.

Ce monde, ce théatre, & d'orgueil & d'erreur,
Eft plein d'infortunés qui parlent de bonheur.
Tout fe plaint, tout gémit en cherchant le bien-être;
Nul ne voudrait mourir; nul ne voudrait renaître. *
Quelquefois dans nos jours confacrés aux douleurs,
Par la main du plaifir nous effuyons nos pleurs.
Mais le plaifir s'envole & paffe comme une ombre.
Nos chagrins, nos regrets, nos pertes font fans nombre.
Le paffé n'eft pour nous qu'un trifte fouvenir;
Le préfent eft affreux, s'il n'eft point d'avenir,
Si la nuit du tombeau détruit l'être qui penfe.

Un jour tout fera bien, voilà notre efpérance;
Tout eft bien aujourdhui, voilà l'illufion.

Les

---

c Voyez les notes à la fin du Poëme.

* On trouve difficilement une perfonne qui voulût recommencer la même carrière qu'elle a courûe, & repaffer par les mêmes événemens.

Les Sages me trompaient, & Dieu feul a raifon.
Humble dans mes foupirs, foumis dans ma foufrance,
Je ne m'éléve point contre la Providence.
Sur un ton moins lugubre on me vit autrefois,
Chanter des doux plaifirs les féduifantes loix.
D'autres tems d'autres mœurs : inftruit par la vieilleffe,
Des humains égarés partageant la faibleffe,
Dans une épaiffe nuit cherchant à m'éclairer,
Je ne fai que fouffrir, & non pas murmurer.
   Un Calife autrefois à fon heure derniére
Au Dieu qu'il adorait dit pour toute priére :
Je t'apporte, ô feul Roi, feul être illimité,
Tout ce que tu n'as point dans ton immenfité ;
Les défauts, les regrets, les maux & l'ignorance.
Mais il pouvait encor ajouter L'Esperance. d

d Voyez les notes à la fin du Poëme,

NOTES.

a DIEU *tient en main la chaîne, & n'eſt point enchaîné;*

a La Chaîne Univerſelle n'eſt pas, comme on l'a dit, une gradation ſuivie qui lie tous les êtres. Il y a probablement une diſtance immenſe entre l'homme & la brute, entre l'homme & les ſubſtances ſupérieures ; il y a l'Infini entre DIEU & toutes les ſubſtances. Les Globes qui roulent autour de nôtre Soleil n'ont rien de ces gradations inſenſibles, ni dans leur groſſeur, ni dans leurs diſtances, ni dans leurs Satellites.

Pope dit que l'homme ne peut ſavoir pourquoi les Lunes de *Jupiter* ſont moins grandes que *Jupiter* ; il ſe trompe en cela; c'eſt une erreur pardonnable qui a pû échaper à ſon beau génie. Il n'y a point de Mathématicien qui n'eût fait voir au Lord *Bollingbroke*, & à Mr. *Pope*, que ſi *Jupiter* était plus petit que ſes Satellites, ils ne pouraient pas tourner autour de lui; mais il n'y a point de Mathématicien qui pût découvrir une gradation ſuivie dans les corps du Syſtême Solaire.

Il n'eſt pas vrai que ſi on ôtait un atome du Monde, le Monde ne pourait ſubſiſter : & c'eſt ce que Mr. *De Crouzas*, ſavant Géomètre, remarqua très bien dans ſon Livre contre Mr. *Pope*. Il paraît qu'il avait raiſon en ce point, quoique ſur d'autres il ait été invinciblement refuté par Mrs. *Warburton* & *Silhouëtte*.

Cette chaine des événements a été admiſe & très ingénieuſement défendue par le grand Philoſophe *Leibnitz* ; elle mérite d'être éclaircie. Tous les corps, tous les événements dépendent d'autres corps & d'autres événements. Cela eſt vrai : mais tous les corps ne ſont pas néceſſaires à l'ordre & à la conſervation de l'Univers ; & tous les événements ne ſont pas eſſentiels à la ſérie des événements. Une goute d'eau, un grain de ſable de plus ou de moins, ne peuvent rien changer à la conſtitution générale. La Nature n'eſt aſſervie ni à aucune quantité préciſe, ni à aucune forme préciſe. Nulle Planète ne ſe meut dans une Courbe abſolument réguliére ; nul être connu n'eſt d'une figure préciſément Mathématique : nulle quantité préciſe n'eſt requiſe pour nulle opération : la Nature n'agit jamais rigoureuſement. Ainſi on n'a aucune raiſon d'aſſurer qu'un atome de moins ſur la Terre, ſerait la cauſe de la deſtruction de la Terre.

Il en eſt de même des événements. Chacun d'eux a ſa cauſe dans l'événement qui précéde ; c'eſt une choſe dont aucun Philoſophe n'a jamais douté. Si on n'avait pas fait l'opération Céſarienne à la mére de *Céſar*, *Céſar* n'aurait pas détruit la République ; il n'eût pas adopté *Octave*, & *Octave* n'eût pas laiſſé l'Empire à *Tibère*. *Maximilien* épouſe l'héritiére de la Bourgogne & des Pays-bas, & ce mariage devient la ſource de deux-cent ans de guerre. Mais que *Céſar* ait craché à droite ou à gauche, que l'héritiére de Bourgogne ait arrangé ſa coëffure d'une manière ou d'une autre, cela n'a certainement rien changé au ſyſtême général.

Il y a donc des événements qui ont des effets, & d'autres qui n'en ont pas. Il en eſt de leur chaîne comme d'un arbre généalogique ; on y voit des branches qui s'éteignent à la premiére génération, & d'autres qui continuent la race. Pluſieurs événements reſtent ſans filiation. C'eſt ainſi que dans toute machine, il y a des effets néceſſaires au mouvement, & d'autres effets indifférents qui ſont la ſuite des premiers, & qui ne produiſent rien. Les rouës d'un caroſſe ſervent à le faire marcher ; mais qu'elles faſſent voler un peu plus ou un peu moins de pouſſiére, le voyage ſe fait également. Tel eſt donc l'ordre général du Monde, que les chainons de la chaîne ne ſeraient point dérangés par un peu plus ou un peu moins de matiére, par un peu plus ou un peu moins d'irrégularité.

La chaîne n'eſt pas dans un plein abſolu ; il eſt démontré que les Corps Céleſtes font leurs révolutions dans l'eſpace non réſiſtant. Tout l'eſpace n'eſt pas rempli. Il n'y a donc pas une ſuite de Corps depuis un atome juſqu'à la plus reculée des Etoiles. Il peut donc y avoir des intervalles immenſes entre les êtres ſenſibles, comme entre les inſenſibles. On ne peut donc aſſurer que l'Homme ſoit néceſſairement placé dans un des chainons attachés l'un à l'autre par une ſuite non interrompue. *Tout eſt enchaîné*, ne veut dire autre choſe, ſinon, que tout eſt arrangé. DIEU eſt la Cauſe & le Maître de cet arrangement. Le *Jupiter* d'*Homère* était l'eſclave des Deſtins ; mais dans une Philoſophie plus épurée, DIEU eſt le Maître des Deſtins. *Voyez* Clarke *Traité de l'exiſtence de* DIEU.

b La balance à la main, Bayle *enſeigne à douter.*

b Une centaine de remarques répandues dans le Dictionnaire de *Bayle* lui ont fait une réputation immortelle. Il a laiſſé la diſpute ſur l'origine *du mal* indéciſe. Chez lui toutes les opinions ſont expoſées ; toutes les raiſons qui les ſoutiennent, toutes les raiſons qui les ébranlent, font également aprofondies ; c'eſt l'Avocat général des Philoſophes, mais il ne donne point ſes concluſions. Il eſt comme *Ciceron*, qui ſouvent dans ſes ouvrages Philoſophiques ſoutient ſon caractère d'Académicien indécis, ainſi que l'a remarqué le ſavant & judicieux Abbé *d'Olivet.*

Je crois devoir eſſayer ici d'adoucir ceux qui s'acharnent depuis quelques années avec tant de violence & ſi vainement contre *Bayle* : j'ai tort de dire vainement, car ils ne ſervent qu'à le faire lire avec plus d'avidité : ils devraient aprendre de lui à raiſonner & à être modérés. Jamais d'ailleurs le Philoſophe *Bayle* n'a nié ni la Providence ni l'immortalité de l'Ame. On traduit *Ciceron*, on le commente, on le fait ſervir à l'éducation des Princes. Mais que trouve-t-on preſque à chaque page dans *Ciceron* parmi pluſieurs choſes admirables ? on y trouve que *s'il eſt une Providence, elle eſt blâmable d'avoir donné aux hommes une intelligence dont elle ſavait qu'ils devaient abuſer.* Sic veſtra iſta providentia reprehendenda quæ rationem dederit eis quos ſcierit ea perverſè uſuros. (*Libro tertio de natura Deorum.*)

Jamais perſonne n'a cru que la vertu vint des Dieux, & on a eu raiſon. Virtutem nunquam Deo acceptam nemo retulit, nimirùm rectè. *Idem.*

Qu'un Criminel meure impuni, vous dites que les Dieux le frapent dans ſa poſtérité. Une ville ſouffrirait-elle un Légiſlateur qui condamnerait les petits enfants pour les crimes de leur grand-père ? Ferretne ulla civitas latorem legis ut condemnaretur nepos ſi avus deliquiſſet?

Et ce qu'il y a de plus étrange, c'eſt que *Ciceron* finit ſon Livre de la *Nature des Dieux* ſans réfuter de telles aſſertions. Il ſoutient en cent endroits la mortalité de l'Ame dans ſes Tuſculanes, après avoir ſoutenu ſon immortalité.

Il y a bien plus. C'eſt à tout le Sénat de Rome qu'il dit dans ſon playdoyer pour *Cluentius* : *Quel mal lui a fait la mort ? Nous rejettons tous les Fables ineptes des Enfers. Qu'eſt-ce donc que la mort lui a ôté, ſinon le ſentiment des douleurs ?* Quid illi mors attulit mali, niſi forte ineptiis ac fabulis ducimur ut exiſtimemus illum apud Inferos ſupplicia perferre ? quæ ſi falſa ſunt quod omnes intelligunt, quid ei mors eripuit præter ſenſum doloris ?

Enfin dans ſes lettres où le cœur parle, ne dit-il pas, *Cum non ero, ſenſu omni carebo* : Quand je ne ſerai plus, tout ſentiment périra avec moi ?

Jamais *Bayle* n'a rien dit d'aprochant. Cependant on met *Ciceron* entre les mains de la jeuneſſe ; on ſe déchaine contre *Bayle.* Pourquoi ? c'eſt que les hommes ſont inconſéquens, c'eſt qu'ils ſont injuſtes.

c *Que*

c. Que fuis-je? où fuis-je? où vai je? & d'où fuis-je tiré?

c Il eft clair que l'homme ne peut par lui-même être inftruit de tout cela. L'efprit humain n'aquiert aucune notion que par l'expérience ; nulle expérience ne peut nous aprendre ni ce qui était avant notre exiftence, ni ce qui eft après ; ni ce qui anime notre exiftence préfente. Comment avons-nous reçu la vie? quel reffort la foutient? comment nôtre cerveau a-t-il des idées & de la mémoire? comment nos membres obéïffent-ils incontinent à nôtre volonté? &c. nous n'en favons rien. Ce globe eft-il feul habité? A-t-il été fait après d'autres globes, ou dans le même inftant? Chaque genre de plantes vient-il ou non d'une première plante? Chaque genre d'animaux eft-il produit ou non par deux premiers animaux? Les plus grands Philofophes n'en favent pas plus fur ces matiéres que les plus ignorans des hommes. Il en faut revenir à ce proverbe populaire : *La poule a-t-elle été avant l'œuf, ou l'œuf avant la poule?* Le proverbe eft bas : mais il confond la plus haute fageffe, qui ne fait rien fur les premiers principes des chofes fans un fecours furnaturel.

d Mais il pouvait encor ajouter l'Efpérance.

d La plupart des hommes ont eu cette Efpérance, avant même qu'ils euffent le fecours de la Révélation. L'efpoir d'être après la mort, eft fondé fur l'amour de l'être pendant la vie ; il eft fondé fur la probabilité que ce qui penfe penfera. On n'en a point de démonftration ; parce qu'une chofe démontrée eft une chofe dont le contraire eft une contradiction, & parce qu'il n'y a jamais eu de difputes fur les vérités démontrées. *Lucréce* pour détruire cette Efpérance aporte dans fon troifiéme Livre des arguments dont la force afflige ; mais il n'oppofe que des vraifemblances à des vraifemblances plus fortes. Plufieurs Romains penfaient comme *Lucrèce*; & on chantait fur le Théâtre de Rome ; *poft mortem nihil eft, il n'eft rien après la mort.* Mais l'inftinct, la raifon, le befoin d'être confolé, le bien de la fociété prévalurent ; & les hommes ont toujours eu l'efpérance d'une vie à venir : efpérance, à la vérité, fouvent accompagnée de doute. La Révélation détruit le doute, & met la certitude à la place.

PREFACE

SUR LE

POEME DE LA LOI

NATURELLE.

ON fait affez que ce Poëme n'avait point été fait pour être public : c'était depuis trois ans un fecret entre un grand Roi & l'Auteur. Il n'y a que trois mois qu'il s'en répandit quelques copies dans Paris, & bientôt après il y fut imprimé plufieurs fois d'une manière auffi fautive que les autres ouvrages qui font partis de la même plume.

Il ferait jufte d'avoir plus d'indulgence pour un écrit fecret tiré de l'obfcurité où fon Auteur l'avait condamné, que pour un ouvrage qu'un Ecrivain expofe lui-même au grand jour. Il ferait encor jufte de ne pas juger le Poëme d'un Laïque comme on jugerait une Thèfe de Théologie. Ces deux Poëmes font les fruits d'un arbre tranfplanté. Quelques-uns de ces fruits peu-

vent

vent n'ètre pas du gout de quelques perſonnes : ils ſont d'un climat étranger ; mais il n'y en a aucun d'empoiſonné, & pluſieurs peuvent ètre ſalutaires.

Il faut regarder cet Ouvrage comme une lettre où l'on expoſe en liberté ſes ſentiments. La plupart des livres reſſemblent à ces converſations générales & gènées, dans leſquelles on dit rarement ce qu'on penſe. L'Auteur a dit ici ce qu'il a penſé à un Prince Philoſophe auprès duquel il avait alors l'honneur de vivre. Il a apris que des eſprits éclairés n'ont pas été mécontens de cette ébauche : ils ont jugé que le Poëme ſur la Loi Naturelle eſt une préparation à des vérités plus ſublimes. Cela ſeul aurait déterminé l'Auteur à rendre l'ouvrage plus complet & plus correct, ſi ſes infirmités l'avaient permis. Il a été obligé de ſe borner à corriger les fautes dont fourmillent les éditions qu'on en a faites.

Les louanges données dans cet écrit à un Prince qui ne cherchait pas ces louanges, ne doivent ſurprendre perſonne : elles n'avaient rien de la flatterie, elles partaient du cœur ; ce n'eſt pas là de cet encens que l'intérèt prodigue à la puiſſance. L'homme de Lettres pouvait ne pas mériter les éloges & les bontés dont le Monarque le comblait, mais le Monarque méritait la vérité que l'homme de Lettres lui diſait dans cet ouvrage. Les changements ſurvenus depuis dans un commerce ſi honorable pour la Littérature n'ont point altéré les ſentimens qu'il avait fait naître.

Enfin puiſqu'on a arraché au ſecret & à l'obſcurité

un écrit deſtiné à ne point paraître, il ſubſiſtera chez quelques Sages comme un monument d'une correſpondance philoſophique qui ne devait point finir; & on ajoute que ſi la faibleſſe humaine ſe fait ſentir partout, la vraie Philoſophie dompte toujours cette faibleſſe.

Au reſte ce faible Eſſay fut compoſé à l'occaſion d'une petite brochure qui parut en ce tems-là. Elle était intitulée *Du Souverain bien*; & elle devait l'être *Du Souverain mal*. On y prétendait qu'il n'y a ni vertu, ni vice, & que les remords ſont une faibleſſe d'éducation qu'il faut étouffer. L'Auteur du Poëme prétend que les remords nous ſont auſſi naturels que les autres affections de nôtre ame. Si la fougue d'une paſſion fait commettre une faute, la nature rendue à elle-même ſent cette faute. La fille ſauvage trouvée près de Châlons avoua que dans la colére elle avait donné à ſa compagne un coup dont cette infortunée mourut entre ſes bras. Dès qu'elle vit ſon ſang couler, elle ſe repentit, elle pleura, elle étancha ce ſang, elle mit des herbes ſur la bleſſure. Ceux qui diſent que ce retour d'humanité n'eſt qu'une branche de nôtre amour propre, font bien de l'honneur à l'amour propre. Qu'on appelle la raiſon & les remords comme on voudra, ils exiſtent, & ils ſont les fondements de la Loi Naturelle.

LA
LOI NATURELLE,

POEME

EN QUATRE PARTIES.

EXORDE.

O Vous, dont les Exploits, le Régne & les Ouvrages
Deviendront la leçon des Héros & des Sages ,
Qui voyez d'un même œuil les caprices du fort,
Le Trône & la Cabane, & la vie & la mort ;
Philofophe intrépide, affermiffez mon ame,
Couvrez-moi des rayons de cette pure flâme,
Qu'allume la raifon, qu'éteint le préjugé.
Dans cette nuit d'erreur , où le monde eft plongé ,
Apportons, s'il fe peut, une faible lumiére.
Nos premiers entretiens, notre étude premiére,
Etaient, je m'en fouviens, *Horace* avec *Boileau.*
Vous y cherchiez le *vrai*, vous y goûtiez le *beau*;
Quelques traits échappés d'une utile Morale,
Dans leurs piquants Ecrits brillent par intervale;

Mais

Mais *Pope* approfondit ce qu'ils ont effleuré.
D'un esprit plus hardi, d'un pas plus affuré,
Il porta le flambeau dans l'abîme de l'être,
Et l'homme avec lui feul apprit à fe connaître.
L'art quelquefois frivole, & quelquefois divin,
L'art des vers eft dans *Pope* utile au genre humain.
Que m'importe en effet que le flatteur d'*Octave*,
Parafite difcret, non moins qu'adroit efclave,
Du lit de fa *Glicére*, ou de *Ligurinus*,
En Profe mefurée infulte à *Crifpinus*?
Que *Boileau* répandant plus de fel que de grace,
Veuille outrager *Quinaut*, penfe avilir le *Taffe*?
Qu'il peigne de Paris les triftes embarras,
Ou décrive en beaux vers un fort mauvais repas?
Il faut d'autres objets à votre intelligence.

De l'Efprit qui vous meut vous recherchez l'effence,
Son principe, fa fin, & furtout fon devoir.
Voyons fur ce grand point ce qu'on a pû fçavoir,
Ce que l'erreur fait croire aux Docteurs du vulgaire,
Et ce que vous infpire un DIEU qui vous éclaire.
Dans le fond de nos cœurs il faut chercher fes traits:
Si DIEU n'eft pas dans nous, il n'exifta jamais.
Ne pouvons-nous trouver l'Auteur de nôtre vie
Qu'au Labyrinthe obfcur de la Théologie?
Origène & *Jean Scot* font chez vous fans crédit:
La Nature en fait plus qu'ils n'en ont jamais dit.
Ecartons ces Romans qu'on appelle fyftèmes,
Et pour nous élever defcendons dans nous-mêmes.

P R E-

PREMIERE PARTIE.

DIEU *a donné aux hommes les idées de la justice, & la conscience pour les avertir, comme il leur a donné tout ce qui leur est nécessaire. C'est là cette Loi Naturelle sur laquelle la Religion est fondée. C'est ce seul
principe qu'on dévelope ici. L'on ne parle que
de la Loi Naturelle, & non de la Religion
& de ses augustes Mistères.*

a SOit qu'un Etre inconnu, par lui seul existant,
　　 Ait tiré depuis peu l'Univers du néant,
Soit qu'il ait arrangé la matiére éternelle,
Qu'elle nage en son sein, ou qu'il régne loin d'elle;
Que l'ame, ce flambeau souvent si ténébreux,
Ou soit un de nos sens, ou subsiste sans eux:
Vous êtes sous la main de ce Maître invisible.
　 Mais du haut de son Trône obscur, inaccessible,
Quel hommage, quel culte exige-t-il de vous?
De sa grandeur suprème indignement jaloux,
Des louanges, des vœux, flattent-ils sa puissance?
Est-ce le peuple altier, conquérant de Bisance,
Le tranquille Chinois, le Tartare indompté,

Qui

a Voyez les notes à la fin du Poëme,

Qui connaît fon effence, & fuit fa volonté?
Différens dans leurs mœurs, ainfi qu'en leur hommage,
Ils lui font tenir tous un différent langage.
Tous fe font donc trompés. Mais détournons les yeux
De cet impur amas d'impofteurs odieux : *
Et fans vouloir fonder, d'un regard téméraire,
De la Loi des Chrétiens l'ineffable myftère,
Sans expliquer en vain ce qui fut révélé,
Cherchons par la raifon fi DIEU n'a point parlé.
  La Nature a fourni d'une main falutaire
Tout ce qui dans la vie à l'homme eft néceffaire,
Les refforts de fon ame, & l'inftinct de fes fens.
Le Ciel à fes befoins foumet les élémens.
Dans les plis du cerveau la mémoire habitante,
Y peint de la Nature une image vivante.
Chaque objet de fes fens prévient la volonté.
Le fon dans fon oreille eft par l'air aporté :
Sans efforts & fans foins fon œuil voit la lumiére.
Sur fon DIEU, fur fa fin, fur fa caufe premiére,
L'homme eft-il fans fecours à l'erreur attaché?
Quoi! le Monde eft vifible, & DIEU ferait caché!
Quoi! le plus grand befoin que j'aye en ma mifère,
Eft le feul qu'en effet je ne peux fatisfaire?
Non : le DIEU qui m'a fait, ne m'a point fait en vain.
Sur le front des mortels il mit fon fceau divin.
Je ne puis ignorer ce qu'ordonna mon Maître;

Il

----

* Il faut diftinguer *Confuzée*,   Naturelle, & qui a fait tout ce
qui s'en eft tenu à la Religion   qu'on peut faire fans Révélation.

Il m'a donné fa Loi, puifqu'il m'a donné l'être.
Sans doute il a parlé, mais c'eft à l'Univers ;
Il n'a point de l'Egypte habité les déferts.
Delphes, Delos, Ammon, ne font pas fes aziles.
Il ne fe cacha point aux antres des Sibylles.
La Morale uniforme en tout tems, en tout lieu,
A des fiécles fans fin parle au nom de ce DIEU.
C'eft la loi de *Trajan*, de *Socrate*, & la vôtre.
De ce Culte éternel la Nature eft l'Apotre ;
Le bon fens la reçoit, & les remords vengeurs,
Nés de la confcience, en font les défenfeurs.
Leur redoutable voix partout fe fait entendre.

Penfez-vous en effet que ce jeune *Alexandre*,
Auffi vaillant que vous, mais bien moins modéré,
Teint du fang d'un ami trop inconfidéré,
Ait pour fe repentir confulté des Augures ?
Ils auraient dans leurs eaux lavé fes mains impures ;
Ils auraient à prix d'or abfous bientôt le Roi.
Sans eux, de la Nature il écouta la Loi ;
Honteux, défefpéré d'un moment de furie,
Il fe jugea lui-même indigne de la vie.
Cette loi fouveraine, à la Chine, au Japon,
Infpira *Zoroaftre*, illumina *Solon* ;
D'un bout du Monde à l'autre elle parle, elle crie,
ADORE UN DIEU, SOIS JUSTE, ET CHERIS TA PATRIE.
Ainfi le froid Lapon crut un Etre éternel ;
Il eut de la juftice un inftinct naturel ;
Et le Négre vendu fur un lointain rivage,

Dans

Dans les Négres encor aima fa noire·image.
Jamais un parricide, un calomniateur,
N'a dit tranquilement, dans le fond de fon cœur:
„ Qu'il eft beau, qu'il eft doux d'accabler l'innocence,
„ De déchirer le fein qui nous donna naiffance!
„ Dieu jufte, Dieu parfait! que le crime a d'appas!
Voilà ce qu'on dirait, mortels, n'en doutez pas,
S'il n'était une Loi terrible, univerfelle,
Que refpecte le crime en s'élevant contre elle.
Eft-ce nous qui créons ces profonds fentiments?
Avons-nous fait nôtre ame? avons-nous fait nos fens?
L'or qui nait au Pérou, l'or qui nait à la Chine,
Ont la même nature, & la même origine:
L'Artifan les façonne, & ne péut les former.
Ainfi l'Etre éternel, qui nous daigne animer,
Jetta dans tous les cœurs une même femence.
Le Ciel fit la vertu; l'homme en fit l'apparence.
Il peut la revêtir d'impofture & d'erreur;
Il ne peut la changer; fon Juge eft dans fon cœur.

SECONDE PARTIE.

Réponses aux objections contre les principes d'une Morale universelle. Preuve de cette vérité.

J'Entends avec *Cardan*, *Spinosa* qui murmure.
  Ces remords, me dit-il, ces cris de la Nature,
Ne font que l'habitude, & les illusions,
Qu'un besoin mutuel inspire aux Nations.
Raisonneur malheureux, ennemi de toi-même,
D'où nous vient ce besoin ? pourquoi l'Etre Suprême
Mit-il dans notre cœur à l'intérêt porté
Un instinct qui nous lie à la société ?
Les loix que nous faisons, fragiles, inconstantes,
Ouvrages d'un moment, font partout différentes.
Jacob chez les Hébreux put épouser deux sœurs;
David, sans offenser la décence & les mœurs,
Flatta de cent Beautés la tendresse importune;
Le Pape au Vatican n'en peut posséder une;
Là, le pére à son gré choisit son successeur;
Ici, l'heureux ainé de tout est possesseur.
Un Polaque à moustache, à la démarche altiére,
Peut arrèter d'un mot sa République entiére.
L'Empereur ne peut rien sans ses chers Electeurs.
L'Anglais a du crédit, le Pape a des honneurs.

Usa-

Ufages, Intérêts, Culte, Loix, tout diffère.
Qu'on foit jufte, il fuffit, le refte eft arbitraire. *
   Mais tandis qu'on admire & ce jufte & ce beau,
Londre immole fon Roi par la main d'un bourreau;
Du Pape *Borgia* le bâtard fanguinaire,
Dans les bras de fa fœur affaffine fon frère:
Là, le froid Hollandais devient impétueux,
Il déchire en morceaux deux frères vertueux;
Plus loin la *Brinvilliers*, dévote avec tendreffe,
Empoifonne fon pére en courant à confeffe;
Sous le fer du méchant le jufte eft abattu.
Hé bien conclurez-vous qu'il n'eft point de vertu?
Quand des vents du Midi les funeftes haleines,
De femences de mort ont inondé nos plaines,
Direz-vous que jamais le Ciel en fon courroux
Ne laiffa la fanté féjourner parmi nous?
Tous les divers fléaux dont le poids nous accable,
Du choc des élémens effet inévitable,
Des biens que nous goûtons corrompent la douceur;
Mais tout eft paffager, le crime & le malheur,
De nos défirs fougueux la tempête fatale
Laiffe au fond de nos cœurs là Régle & la Morale.
C'eft une fource pure: en vain dans fes canaux
Les vents contagieux en ont troublé les eaux;

En

---

* Il eft évident que cet *arbitraire* ne regarde que les chofes d'inftitution, les Loix civiles, la Difcipline, qui changent tous les jours felon le befoin.

En vain fur la furface une fange étrangère
Apporte en bouillonnant un limon qui l'altère;
L'homme le plus injufte & le moins policé,
S'y contemple aifément quand l'orage eft paffé.
Tous ont reçu du Ciel, avec l'intelligence,
Ce frein de la juftice & de la confcience.
De la raifon naiffante elle eft le premier fruit;
Dès qu'on la peut entendre, auffi-tôt elle inftruit:
Contrepoids toujours promt à rendre l'équilibre
Au cœur plein de defirs, affervi, mais né libre;
Arme que la Nature a mis en notre main,
Qui combat l'intérèt par l'amour du prochain.
De *Socrate* en un mot c'eft-là l'heureux génie;
C'eft-là ce DIEU fecret qui dirigeait fa vie,
Ce DIEU qui jufqu'au bout préfidait à fon fort,
Quand il but fans pâlir la coupe de la mort.
Quoi! cet Efprit Divin n'eft-il que pour *Socrate*?
Tout mortel a le fien qui jamais ne le flatte.
Néron cinq ans entiers fut foumis à fes loix,
Cinq ans des corrupteurs il repouffa la voix.
Marc-Aurèle apuyé fur la Philofophie,
Porta ce joug heureux tout le tems de fa vie.
Julien s'égarant dans fa Religion,
Infidéle à la Foi, fidéle à la Raifon,
Scandale de l'Eglife, & des Rois le modèle,
Ne s'écarta jamais de la Loi Naturelle.

   On infifte, on me dit; L'enfant dans fon berceau
N'eft point illuminé par ce divin flambéau;

C

C'eft

C'eſt l'éducation qui forme ſes penſées,
Par l'exemple d'autrui ſes mœurs lui ſont tracées ;
Il n'a rien dans l'eſprit, il n'a rien dans le cœur ;
De ce qui l'environne il n'eſt qu'imitateur ;
Il répète les noms de devoir, de juſtice,
Il agit en machine : & c'eſt par ſa nourrice
Qu'il eſt Juif ou Payen, fidèle ou Muſulman,
Vétu d'un juſte-au-corps, ou bien d'un Doliman.
    Oui, de l'exemple en nous je ſai quel eſt l'empire ;
Il eſt des ſentimens que l'habitude inſpire.
Le langage, la mode, & les opinions,
Tous les déhors de l'ame, & ſes préventions,
Dans nos faibles eſprits ſont gravés par nos Pères,
Du cachet des mortels impreſſions légères.
Mais les premiers reſſorts ſont faits d'une autre main ;
Leur pouvoir eſt conſtant, leur principe eſt divin.
Il faut que l'enfant croiſſe, afin qu'il les exerce ;
Il ne les connait pas ſous la main qui le berce.
Le moineau dans l'inſtant qu'il a reçû le jour,
Sans plumes dans ſon nid peut-il ſentir l'amour ?
Le renard en naiſſant va-t-il chercher ſa proïe ?
Les inſectes changeants, qui nous filent la ſoïe,
Les eſſains bourdonnants de ces filles du Ciel,
Qui paitriſſent la cire & compoſent le miel,
Si-tôt qu'ils ſont éclos forment-ils leur ouvrage ?
Tout meurit par le tems, & s'accroit par l'uſage.
Chaque être a ſon objet, & dans l'inſtant marqué
Il marche vers le but par le Ciel indiqué.

De

De ce but, il eſt vrai, s'écartent nos caprices.
Le juſte quelquefois commet des injuſtices.
On fuit le bien qu'on aime, on hait le mal qu'on fait.
De ſoi-même en tout tems quel cœur eſt ſatisfait ?

L'homme (on nous l'a tant dit) eſt une énigme obſcure;
Mais en quoi l'eſt-il plus que toute la Nature ?
Avez-vous pénétré, Philoſophes nouveaux,
Cet inſtinct ſûr & promt qui ſert les animaux ?
Dans ſon germe impalpable avez-vous pû connaître
L'herbe qu'on foule aux pieds, & qui meurt pour renaître ?
Sur ce vaſte Univers un grand voile eſt jetté ;
Mais dans les profondeurs de cette obſcurité,
Si la raiſon nous luit, qu'avons-nous à nous plaindre ?
Nous n'avons qu'un flambeau, gardons-nous de l'éteindre.

Quand de l'immenſité DIEU peupla les déſerts,
Alluma des Soleils & ſouleva des Mers ;
Demeurez, leur dit-il, dans vos bornes preſcrites.
Tous les Mondes naiſſants connurent leurs limites.
Il impoſa des Loix à *Saturne*, à *Vénus*,
Aux ſeize orbes divers dans nos Cieux contenus,
Aux élémens unis dans leur utile guerre,
A la courſe des vents, aux fléches du tonnerre,
A l'animal qui penſe, & né pour l'adorer,
Au ver qui nous attend, né pour nous dévorer.
Aurons-nous bien l'audace, en nos faibles cervelles,
* D'ajouter nos Décrets à ces Loix immortelles ?

C 2　　　　Hélas !

* On ne doit entendre par ce mot *Décrets* que les opinions
paſſa-

Hélas ! ferait-ce à nous, fantômes d'un moment,
Dont l'être imperceptible est voisin du néant,
De nous mettre à côté du Maître du tonnerre,
Et de donner en Dieux des ordres à la Terre ?

TROISIEME PARTIE.

Que les hommes ayant pour la plupart défiguré,
par les opinions qui les divisent, le principe
de la Religion Naturelle qui les unit, doi-
vent se suporter les uns les autres.

L'Univers est un Temple où siége l'Eternel.
   Là * chaque homme à son gré veut bâtir un Autel.
Chacun vante sa Foi, ses Saints, & ses Miracles,
Le sang de ses Martyrs, la voix de ses Oracles.
L'un pense, en se lavant cinq ou six fois par jour,
Que le Ciel voit ses bains d'un regard plein d'amour,
Et qu'avec un prépuce on ne saurait lui plaire.
L'autre a du Dieu *Brama* désarmé la colère :

Et

passagères des hommes qui veu-
lent donner leurs sentiments particuliers pour des loix générales.

   * (Chaque homme) signifie
clairement chaque particulier qui
veut s'ériger en Législateur, &
il n'est ici question que des Cul-
tes étrangers, comme on l'a dé-
claré au commencement de la
première Partie.

Et pour s'être abstenu de manger du lapin,
Voit le Ciel entr'ouvert, & des plaisirs sans fin.
Tous traitent leurs voisins d'impurs & d'infidelles.
De Chrêtiens divisés les infames querelles
Ont au nom du Seigneur apporté plus de maux,
Répandu plus de sang, creusé plus de tombeaux,
Que le prétexte vain d'une utile balance
N'a désolé jamais l'Allemagne & la France.

Un doux Inquisiteur, un crucifix en main,
Au feu par charité fait jetter son prochain,
Et pleurant avec lui d'une fin si tragique,
Prend pour s'en consoler son argent qu'il s'applique,
Tandis que de la grace ardent à se toucher,
Le peuple en louant DIEU danse autour du bucher.
On vit plus d'une fois, dans une sainte ivresse,
Plus d'un bon Catholique, au sortir de la Messe,
Courant sur son voisin pour l'honneur de la foi,
Lui crier, *Meurs, impie, ou pense comme moi.*
Calvin & ses suppôts, guettés par la Justice,
Dans Paris en peinture allèrent au supplice.
Servet fut en personne immolé par *Calvin.*
Si *Servet* dans Genève eût été Souverain,
Il eût pour argument contre ses adversaires
Fait serrer d'un lacet le cou des Trinitaires.
Ainsi d'*Arminius* les ennemis nouveaux
En Flandre étaient Martyrs, en Hollande bourreaux.

D'où vient que deux-cent ans cette pieuse rage
De nos Ayeux grossiers fut l'horrible partage?

C 3

C'est

C'est que de la Nature on étouffa la voix ;
C'est qu'à sa Loi sacrée on ajouta des Loix ;
C'est que l'homme amoureux de son sot esclavage,
Fit dans ses préjugés DIEU même à son image.
Nous l'avons fait injuste, emporté, vain, jaloux,
Séducteur, inconstant, barbare comme nous.
Enfin grace en nos jours à la Philosophie,
Qui de l'Europe au moins éclaire une partie,
Les mortels plus instruits en sont moins inhumains :
Le fer est émoussé, les buchers sont éteints.
Mais si le Fanatisme était encor le Maître,
Que ces feux étouffés seraient promts à renaître !
On s'est fait, il est vrai, le généreux effort
D'envoyer moins souvent ses frères à la mort.
* On brûle moins d'Hébreux, dans les murs de Lisbonne ;
Et même le Muphti, qui rarement raisonne,
Ne dit plus aux Chrétiens que le Sultan soumet,
Renonce au vin, barbare, & crois à Mahomet.
† Mais du beau nom de chien ce Muphti nous honore ;
Dans le fond des Enfers il nous envoye encore.
Nous le lui rendons bien : nous damnons à la fois
Le peuple circoncis vainqueur de tant de Rois,
Londres, Berlin, Stockolm, & Genève, & vous-même,
Vous êtes, ô grand Roi ! compris dans l'anathême.

En

---

* On ne pouvait prévoir alors que les flammes détruiraient une partie de cette ville malheureuse, dans laquelle on alluma trop souvent des buchers.

† Les Turcs appellent indifféremment les Chrétiens *Infidéles & Chiens.*

En vain par des bienfaits signalant vos beaux jours,
A l'humaine raison vous donnez des secours,
Aux beaux Arts des palais, aux pauvres des aziles,
Vous peuplez les déserts & les rendez fertiles.
De fort savants esprits jurent sur leur salut, *
Que vous êtes sur Terre un fils de Belzebut.

   Les vertus des Payens étaient, dit-on, des crimes.
Rigueur impitoyable! odieuses maximes!
Gazettier clandestin, dont la platte acreté
Damne le Genre-humain de pleine autorité,
Tu vois d'un œuil ravi les mortels tes semblables,
Paitris des mains de DIEU pour le plaisir des Diables.
N'es-tu pas satisfait de condamner au feu
Nos meilleurs citoyens, *Montagne & Montesquieu?*
Penses-tu que *Socrate*, & le juste *Aristide*,
Solon, qui fut des Grecs & l'exemple & le guide,
Penses-tu que *Trajan*, *Marc-Auréle*, *Titus*,
Noms chéris, noms sacrés, que tu n'as jamais lus,

C 4

Aux

---

* On respecte cette maxime, *hors de l'Eglise point de salut:* mais tous les hommes sensés trouvent ridicule & abominable que des particuliers osent employer cette sentence générale & comminatoire contre des hommes qui sont leurs supérieurs & leurs Maîtres en tout genre: les hommes raisonnables n'en usent point ainsi. L'Archevêque *Tillotson* aurait-il jamais écrit à l'Ar- chevêque *Fénelon, Vous êtes damné?* Et un Roi de Portugal écrirait-il à un Roi d'Angleterre qui lui envoye des secours; *Mon frére, vous irez à tous les Diables?* La dénonciation des peines éternelles à ceux qui ne pensent pas comme nous, est une arme ancienne qu'on laisse sagement reposer dans l'arsenal; & dont il n'est permis à aucun particulier de se servir.

Aux fureurs des Démons font livrés en partage,
Par le DIEU bienfaifant dont ils étaient l'image?
Et que tu feras, toi, de rayons couronné,
D'un chœur de Chérubins au Ciel environné,
Pour avoir quelque tems, chargé d'une beface,
Dormi dans l'ignorance, & croupi dans la craffe?
Sois fauvé, j'y confens ; mais l'immortel *Newton*,
Mais le favant *Leibnitz* & le fage *Adiffon*,
b Et ce *Locke*, en un mot, dont la main courageufe
A de l'Efprit humain pofé la borne heureufe ;
Ces Efprits qui femblaient de DIEU même éclairés,
Dans des feux éternels feront-ils dévorés?
Porte un arrêt plus doux, prens un ton plus modefte ;
Ami, ne prévien point le jugement célefte,
Refpecte ces mortels, pardonne à leur vertu.
Ils ne t'ont point damné : pourquoi les damnes-tu?
A la Religion difcrétement fidéle,
Sois doux, compatiffant, fage, indulgent comme elle ;
Et fans noyer autrui fonge à gagner le port :
Qui pardonne a raifon, & la colère a tort.
Dans nos jours paffagers de peines, de mifères,
Enfans du même DIEU, vivons du moins en frères,
Aidons-nous l'un & l'autre à porter nos fardeaux.
Nous marchons tous courbés fous le poids de nos maux ;
Mille ennemis cruels affiégent notre vie,
Toujours, par nous maudite, & toujours fi chérie :

Notre

b Voyez les Notes à la fin du Poëme.

Notre cœur égaré, sans guide & sans appui,
Est brûlé de désirs, ou glacé par l'ennui.
Nul de nous n'a vécu sans connaître les larmes.
De la Societé les secourables charmes
Consolent nos douleurs au moins quelques instans:
Remède encor trop faible à des maux si constans.
Ah! n'empoisonnons pas la douceur qui nous reste.
Je crois voir des forçats dans un cachot funeste,
Se pouvant secourir, l'un sur l'autre acharnés,
Combattre avec les fers dont ils sont enchaînés.

QUATRIEME PARTIE.

C'est au Gouvernement à calmer les malheureuses
disputes de l'école qui troublent la Societé.

OUI, je l'entends souvent de votre bouche auguste,
Le premier des devoirs, sans doute, est d'être juste;
Et le premier des biens est la paix de nos cœurs.
Comment avez-vous pû, parmi tant de Docteurs,
Parmi ces différens que la dispute enfante,
Maintenir dans l'Etat une paix si constante?
D'où vient que les enfants de *Calvin*, de *Luther*,
Qu'on croit de-là les Monts bâtards de *Lucifer*,
Le Grec & le Romain, l'empesé Quiétiste,
Le Quakre au grand chapeau, le simple Anabaptiste,
Qui jamais dans leur Loi n'ont pû se réunir,

Sont

Sont tous, fans difputer, d'accord pour vous bénir?
C'eft que vous êtes fage, & que vous êtes Maître.
Si le dernier *Valois*, hélas! avait fçu l'être,
Jamais un Jacobin, guidé par fon Prieur,
De *Judith* & d'*Aod* fervent imitateur,
N'eût tenté dans St. Cloud fa funefte entreprife :
* Mais *Valois* aiguifa le poignard de l'Eglife ;
Ce poignard qui bientôt égorgea dans Paris,
Aux yeux de fes Sujets, le plus grand des *Henris*.
Voilà le fruit affreux des pieufes querelles :
Toutes les factions à la fin font cruelles ;
Pour peu qu'on les foutienne, on les voit tout ofer ;
Pour les anéantir, il les faut méprifer.
Qui conduit des Soldats peut gouverner des Prêtres.
Un Roi dont la grandeur éclipfa fes ancêtres,
Crût pourtant fur la foi d'un Confeffeur Normand,
Janfenius à craindre, & *Quefnel* important ;
Du fceau de fa grandeur il chargea leurs fottifes.
De la difpute alors cent cabales éprifes,
Cent bavards en fourure, Avocats, Bacheliers,
Colporteurs, Capucins, Jéfuites, Cordeliers,
Troublèrent tous l'Etat par leurs doctes fcrupules :
† Le Régent plus fenfé les rendit ridicules :

Dans

---

* Il ne faut pas entendre par ce mot l'*Eglife* Catholique, mais le poignard d'un Eccléfiaftique, le fanatifme abominable de quelques gens d'Eglife de ces tems-là, déteftés par l'Eglife de tous les tems.

† Ce ridicule fi univerfellement fenti par toutes les Nations, tombe fur les grandes intrigues

pour

Dans la poussière alors on les vit tous rentrer.
L'œuil du Maître suffit, il peut tout opérer.
L'heureux cultivateur des présents de Pomone
Des filles du Printemps, des trésors de l'Automne,
Maître de son terrain, ménage aux arbrisseaux
Les secours du Soleil, de la Terre & des eaux;
Par de légers appuis soutient leurs bras débiles,
Arrache impunément les plantes inutiles;
Et des arbres touffus, dans son clos renfermés,
Emonde les rameaux de la fève affamés.
Son docile terrain répond à sa culture;
Ministre industrieux des loix de la Nature,
Il n'est pas traversé dans ses heureux desseins;
Un arbre qu'avec peine il planta de ses mains,
Ne prétend pas le droit de se rendre stérile :
Et du sol épuisé tirant un suc utile,
Ne va pas refuser à son maître affligé
Une part de ses fruits dont il est trop chargé.
Un Jardinier voisin n'eut jamais la puissance,
De diriger des Cieux la maligne influence,
De maudire ses fruits pendans aux espaliers,
Et de sécher d'un mot sa vigne & ses figuiers.
Malheur aux Nations dont les loix opposées
Embrouillent de l'Etat les rènes divisées!
Le Sénat des Romains, ce Conseil de Vainqueurs,

Présidait

pour de petites choses, sur la   sur plus de quatre mille volumes
haine acharnée de deux partis   imprimés.
qui n'ont jamais pû s'entendre

Préſidait aux Autels, & gouvernait les mœurs,
Reſtraignait ſagement le nombre des Veſtales,
D'un peuple extravagant réglait les Baccanales :
Marc-Aurèle & *Trajan* mêlaient aux champs de *Mars*
Le bonnet de Pontiſe au bandeau des *Céſars* :
L'Univers repoſant ſous leur heureux génie,
Des guerres de l'école ignora la manie ;
Ces grands Légiſlateurs d'un ſaint zéle enivrés,
Ne combattirent point pour leurs poulets ſacrés.
Rome encor aujourdhui conſervant ces maximes,
Joint le Trône à l'Autel par des nœuds légitimes.
Ses citoyens en paix ſagement gouvernés
Ne ſont plus Conquérants, & ſont plus fortunés.
    Je ne demande pas que dans ſa Capitale,
Un Roi portant en main la Croſſe Epiſcopale,
Au ſortir du Conſeil, allant en Miſſion,
Donne au peuple contrit ſà bénédiction :
Toute Egliſe a ſes loix, tout peuple a ſon uſage ;
Mais je prétends qu'un Roi, que ſon devoir engage
A maintenir la paix, l'ordre, la ſûreté,
A ſur tous ſes Sujets égale autorité ; *
Ils ſont tous ſes enfants : cette famille immenſe,
Dans ſes ſoins paternels a mis ſa confiance.
Le Marchand, l'Ouvrier, le Prêtre, le Soldat,

Sont

---

* Ce n'eſt pas à dire que chaque ordre de l'Etat n'ait ſes diſtinctions, ſes priviléges indiſpenſablement attachés à ſes fonctions. Ils jouïſſent de ces priviléges dans tout pays : mais la Loi générale lie également tout le monde.

Sont tous également les membres de l'Etat.
De la Religion l'appareil néceſſaire,
Confond aux yeux de DIEU le grand & le vulgaire;
Et les civiles Loix, par un autre lien,
Ont confondu le Prêtre avec le Citoyen.
La Loi dans tout Etat doit être univerſelle,
Les mortels, quels qu'ils ſoient, ſont égaux devant elle.
Je n'en dirai pas plus ſur ces points délicats.
Le Ciel ne m'a point fait pour régir les Etats,
Pour conſeiller les Rois, pour enſeigner les Sages;
Mais du port où je ſuis, contemplant les orages,
Dans cette heureuſe paix où je finis mes jours,
Eclairé par vous-même, & plein de vos diſcours,
De vos nobles leçons ſalutaire interprète,
Mon eſprit ſuit le vôtre, & ma voix vous répète.
Que conclure à la fin de tous mes longs propos?
C'eſt que les préjugés ſont la raiſon des ſots;
Il ne faut pas pour eux ſe déclarer la guerre:
Le vrai nous vient du Ciel, l'erreur vient de la Terre;
Et parmi les chardons qu'on ne peut arracher,
Dans des ſentiers ſecrets, le ſage doit marcher;
La paix enfin, la paix, que l'on trouble & qu'on aime,
Eſt d'un prix auſſi grand que la vérité même.

PRIE-

PRIERE.

O Dieu ! qu'on méconnait, ô Dieu ! que tout annonce,
Entends les derniers mots que ma bouche prononce ;
Si je me suis trompé, c'est en cherchant ta Loi :
Mon cœur peut s'égarer, mais il est plein de toi :
Je vois sans m'allarmer l'Eternité paraître,
Et je ne puis penser qu'un Dieu qui m'a fait naître,
Qu'un Dieu qui sur mes jours versa tant de bienfaits,
Quand mes jours sont éteints, me tourmente à jamais.

NOTES.

a Soit qu'un Etre inconnu, &c.

a Dieu étant un Etre infini , sa nature a dû être *inconnuë* à tous les hommes. Comme cet ouvrage est tout philosophique, il a falu raporter les sentiments des Philosophes. Tous les Anciens, sans exception , ont cru l'éternité de la matiére ; c'est presque le seul point sur lequel ils convenaient. La plupart prétendaient que les Dieux avaient arrangé le Monde ; nul ne savait que Dieu l'avait tiré du néant. Ils disaient que l'Intelligence céleste avait par sa propre nature le pouvoir de disposer de la matiére , & que la matiére existait par sa propre nature.

Selon presque tous les Philosophes & les Poëtes, les grands Dieux habitaient loin de la Terre. L'ame de l'homme, selon plusieurs , était un feu céleste ; selon d'autres, une harmonie résultante de ses organes : les uns en faisaient une partie de la Divinité, *Divinæ particulam auræ* ; les autres, une matiére épurée, une quintessence ; les plus sages, un être immatériel : mais quelque Secte qu'ils ayent embrassée, tous, hors les Epicuriens, ont reconnu que l'homme est entiérement soumis à la Divinité.

b Et

b Et ce Locke*, en un mot, dont la main courageuse*
A de l'esprit humain posé la borne heureuse ;

b Le modeste & sage *Locke* est connu pour avoir dévelopé toute la marche de l'Entendement humain, & pour avoir montré les limites de son pouvoir. Convaincu de la faiblesse humaine, & pénétré de la puissance infinie du Créateur, il dit que nous ne connaissons la nature de nôtre ame que par la foi : il dit que l'homme n'a point par lui-même assez de lumiéres pour assurer que Dieu ne peut pas communiquer la pensée à tout Etre auquel il daignera faire ce présent, à la matiére elle-même.

Ceux qui étaient encor dans l'ignorance s'élevèrent contre lui. Entêtés d'un Cartésianisme aussi faux en tout que le Peripatétisme, ils croyaient que la matiére n'est autre chose que l'étenduë en longueur, largeur & profondeur : ils ne savaient pas qu'elle a la gravitation vers un centre, la force d'inertie & d'autres propriétés, que ses élémens sont indivisibles tandis que ses composés se divisent sans cesse. Ils bornaient la puissance de l'Etre Tout-puissant ; ils ne faisaient pas réflexion qu'après toutes les découvertes sur la matiére, nous ne connaissons point le fond de cet être. Ils devaient songer que l'on a longtems agité si l'Entendement humain est une faculté ou une substance. Ils devaient s'interroger eux-mêmes & sentir que nos connaissances sont trop bornées pour sonder cet abime.

La faculté que les animaux ont de se mouvoir, n'est point une substance, un être à part ; il parait que c'est un don du Créateur. *Locke* dit que ce même Créateur peut faire ainsi un don de la pensée à tel être qu'il daignera choisir. Dans cette hypothèse qui nous soumet plus que tout autre à l'Etre suprême, la pensée accordée à un élément de matiére, n'en est pas moins pure, moins immortelle, que dans toute autre hypothèse. Cet élément indivisible est impérissable : la pensée peut assurément subsister à jamais avec lui, quand le corps est dissous. Voilà ce que *Locke* propose sans rien affirmer. Il dit ce que Dieu eut pû faire, & non ce que Dieu a fait. Il ne connait point ce que c'est que la matiére ; il avoüe qu'entre elle & Dieu il peut y avoir une infinité de substances, créées absolument différentes les unes des autres : la lumiére, le feu élémentaire parait en effet, comme on l'a dit, dans les élémens de *Newton*, une substance mitoyenne entre cet être inconnu nommé matiére, & d'autres êtres encor plus inçonnus. La lumiére ne tend point vers un centre, comme la matiére ; elle ne parait pas impénétrable ; aussi *Newton* dit souvent

dans

dans fon Optique, *Je n'examine pas fi les rayons de la lumière font des corps, ou non.*

Locke dit donc qu'il peut y avoir un nombre innombrable de fubftances, & que Dieu eft le Maître d'accorder des idées à ces fubftances. Nous ne pouvons deviner par quel art divin un être tel qu'il foit a des idées; nous en fommes bien loin : nous ne faurons jamais comment un ver de terre a le pouvoir de fe remuer. Il faut dans toutes ces recherches s'en remettre à Dieu & fentir fon néant. Telle eft la Philofophie de cet homme, d'autant plus grand qu'il eft plus fimple ; & c'eft cette foumiffion à Dieu qu'on a ofé appeller impieté, & ce font fes fectateurs convaincus de l'immortalité de l'ame qu'on a nommé Matérialiftes ; & c'eft un homme tel que *Locke* à qui un compilateur de quelque Phyfique a donné le nom d'ennuyeux.

Quand même *Locke* fe ferait trompé fur ce point, (fi on peut pourtant fe tromper en n'affirmant rien) cela n'empêche pas qu'il ne mérite la louange qu'on lui donne ici : il eft le premier, ce me femble, qui ait montré qu'on ne connaît aucun axiome avant d'avoir connu les vérités particuliéres; il eft le premier qui ait fait voir ce que c'eft que l'identité, & ce que c'eft que d'être la même perfonne, le même foi : il eft le premier qui ait prouvé la fauffeté du fyftême des idées innées. Sur quoi je remarquerai qu'il y a des écoles qui anathématisèrent les idées innées quand *Defcartes* les é-tablit, & qui anathématisèrent enfuite les adverfaires des idées in-nées, quand *Locke* les eut détruites. C'eft ainfi que jugent les hom-mes qui ne font pas Philofophes.

NB. *Le Lecteur curieux peut confulter le chapitre fur* Locke *dans les Mélanges de Litterature*, &c. &c.

NOTE particuliére sur ce passage de la Préface qui est au devant du Poëme sur le désastre de Lisbonne, &c.

Lorsque l'illustre Pope *dévelopa dans ses vers immortels les systêmes du Lord* Shaftersburi *& du Lord* Bolingbroke, *&c.*

C'est peut-être la première fois qu'on a dit que le systême de *Pope* était celui du Lord *Shaftersburi*; c'est pourtant une vérité incontestable. Toute la partie physique est presque mot-à-mot dans la première partie du Chapitre intitulé, *Les Moralistes*, Section 3. MUCH IS ALCEG'DIN ANSWER TO SHOW &c. *On a beaucoup à répondre à ces plaintes des défauts de la Nature. Comment est-elle sortie si impuissante & si défectueuse des mains d'un être parfait? Mais je nie qu'elle soit défectueuse.... Sa beauté résulte des contrariétés, & la concorde universelle naît d'un combat perpétuel..... il faut que chaque être soit immolé à d'autres; les végétaux aux animaux, les animaux à la terre.... & les loix du pouvoir central & de la végétation, qui donnent aux corps célestes leur poids & leur mouvement, ne seront point dérangés pour l'amour d'un chetif & faible animal, qui tout protégé qu'il est par ces mêmes loix sera bientôt par elles réduit en poussiére.*

Cela est admirablement dit: & cela n'empêche pas que l'illustre Docteur *Klark* dans son Traité de l'Existence de DIEU ne dise que le *Genre humain* se trouve dans un état où l'ordre naturel des choses de ce Monde est manifestement renversé. Page 10. Tome II. 2. édition, traduction de Mr. *Ricotier*: cela n'empêche pas que l'homme ne puisse dire; Je dois être aussi cher à mon Maître, moi être pensant & sentant, que les Planètes qui probablement ne sentent point: cela n'empêche pas que les choses de ce monde ne puissent être autrement, puisqu'on nous aprend que l'ordre a été perverti, & qu'il sera rétabli: cela n'empêche pas que le mal Physique & le mal Moral ne soient une chose incompréhensible à l'esprit humain: cela n'empêche pas qu'on ne puisse révoquer

quer

quer en douté le *Tout eſt bien*, en reſpectant *Shaftersburi* & *Popé* ; dont le ſyſtême a d'abord été attaqué comme ſuſpect d'Atheïſme, & eſt aujourdhui canoniſé.

La partie morale de l'*Eſſai ſur l'homme* de Pope, eſt auſſi toute entiére dans *Shaftersburi*, à l'article de la recherche ſur la vertu, au ſecond volume des *Caractériſtics*. C'eſt-là que l'Auteur dit que l'intérét particulier bien entendu fait l'intérét général. Aimer le bien public & le nôtre eſt non ſeulement poſſible, mais inſéparable : *To be well affected touvards the publick intereſt and ones own, is not only conſiſtent, but inſeparable.* C'eſt là ce qu'il prouve dans tout ce livre, & c'eſt la baſe de toute la partie morale de *l'Eſſai de Pope ſur l'homme.* C'eſt par là qu'il finit.

> *That reaſon paſſion anſwer one great aim,*
> *That true ſelf love and ſocial be the ſame.*

La raiſon & les paſſions répondent au grand but de DIEU. Le véritable amour propre & l'amour ſocial ſont le même.

Une ſi belle morale, bien mieux dévelopée encor dans *Pope* que dans *Shaftersburi*, a toujours charmé l'Auteur des Poëmes ſur Lisbonne & ſur la Loi naturelle : voilà pourquoi il a dit,

> *Mais Pope oprofondit ce qu'ils ont effleuré,*
> *Et l'homme avec lui ſeul apprend à ſe connaître.*

Le Lord *Shaftersburi* prouve encor que la perfection de la vertu eſt due néceſſairement à la croyance d'un DIEU. *And thus perfection of virtue muſt be owing to the belief of a God.*

C'eſt apparemment ſur ces paroles que quelques perſonnes ont traité *Shaftersburi* d'Athée. S'ils avaient bien lû ſon livre, ils n'auraient pas fait cet infame reproche à la mémoire d'un Pair d'Angleterre, d'un Philoſophe élevé par le ſage *Locke*.

C'eſt ainſi que le Pére *Hardouin* traita d'Athées *Paſcal*, *Mallebranche* & *Arnauld*. C'eſt ainſi que le Docteur *L'Ange* traita d'Athée le *reſpectable Wolf*, pour avoir loué la Morale des Chinois : & *Wolf* s'étant apuyé du témoignage des Jéſuites Miſſionnaires à la Chine, le Docteur répondit, *Ne ſait-on pas que les Jéſuites ſont des Athées ?* Ceux qui gémirent ſur l'avanture des Diables de Loudun, ſi humiliante pour la Raiſon humaine, ceux qui trouvèrent mauvais qu'un Recollet, en conduiſant *Urbain Grandier* au ſupplice, le frappât au viſage avec un Crucifix de fer, furent appellés Athées par les Recollets. Les Convulſionnaires ont imprimé, que ceux qui ſe moquaient des convulſions étaient des Athées : & les Moliniſtes ont cent fois batizé de ce nom les Janſeniſtes.

LorC-

Lorsqu'un homme connu écrivit le premier en France il y a vingt ans fur l'inoculation de la petite vérole, un Auteur inconnu écrivit, *Il n'y a qu'un Athée imbu des folies Anglaifes qui puiffe propofer à nôtre Nation de faire un mal certain, pour un bien incertain.*

L'Auteur des Nouvelles Eccléfiaftiques, qui écrit tranquillement depuis fi longtems contre les Puiffances, contre les Loix, & contre la Raifon, a employé une feuille à prouver que Mr. *de Montefquieu* était Athée, & une autre feuille à prouver qu'il était Déifte.

St. Sorlin des Marets, connu en fon tems par le Poëme de *Clovis*, & par fon fanatifme, voyant paffer un jour dans la Galerie du Louvre *La Mothe le Vayer* Confeiller d'Etat & Précepteur de Monfieur ; *Voila*, dit-il, *un homme qui n'a point de Religion :* La *Mothe le Vayer* fe retourna vers lui, & daigna lui dire, *Mon ami, j'ai tant de Religion, que je ne fuis point de ta Religion.*

En général, cette ridicule & abominable démence d'accufer d'Athéifme à tort & à travers tous ceux qui ne penfent pas comme nous, eft ce qui a le plus contribué à répandre d'un bout de l'Europe à l'autre ce profond mépris que tout le Public a aujourdhui pour les Libelles de Controverfe.

9 782019 710033